À MA DERNIÈRE CIGARETTE

Auteur de nombreux livres à succès dont *Il a jamais tué personne mon papa* et *Grammaire française et impertinente*, Jean-Louis Fournier a fêté ses soixante ans avec son livre *Mon dernier cheveu noir*.

Paru dans Le Livre de Poche :

ARITHMÉTIQUE APPLIQUÉE ET IMPERTINENTE
GRAMMAIRE FRANÇAISE ET IMPERTINENTE
IL A JAMAIS TUÉ PERSONNE, MON PAPA
JE VAIS T'APPRENDRE LA POLITESSE, P'TIT CON
J'IRAI PAS EN ENFER
MON DERNIER CHEVEU NOIR
LES MOTS DES RICHES, LES MOTS DES PAUVRES
MOUCHONS NOS MORVEUX
LA PEINTURE À L'HUILE ET AU VINAIGRE
LE PENSE-BÊTES DE SAINT FRANÇOIS D'ASSISE
LE PETIT MEAULNES
ROULEZ JEUNESSE
SATANÉ DIEU !

JEAN-LOUIS FOURNIER

À ma dernière cigarette

ILLUSTRÉ PAR JEAN MINERAUD

HOËBEKE

L'auteur remercie
Sylvie Durepaire
pour ses conseils éclairés
et sa patience.

ISBN : 978-2-253-12441-2 – 1re publication LGF

Préface

Ce livre a été écrit par un petit fumeur (trois cigarettes par jour, le soir de préférence).
Il souhaite déculpabiliser les petits fumeurs, et dissuader les gros de fumer trop, parce que fumer trop tue.
Il veut aussi rire d'une campagne anti-tabac excessive qui diabolise le tabac et se transforme en campagne anti-fumeurs.
Les hommes n'arrivent pas à s'entendre. Le Hutu renâcle au Tutsi, le Juif renâcle à l'Arabe, le Wallon renâcle au Flamand, le Riche renâcle au Pauvre, le Jeune renâcle au Vieux, le supporter de l'OM renâcle au supporter du PSG... N'en rajoutons pas avec le Fumeur et le Non-Fumeur.
Il paraît que la première campagne anti-tabac a eu lieu à Vichy sous le maréchal Pétain... Alors fumons ensemble le calumet de la paix.

Grande nouvelle

Un savant américain vient de découvrir le virus de la mort. Cette découverte capitale pour l'humanité permet d'espérer pour les années à venir la création d'un vaccin et, un jour, l'éradication totale de la mort.

D'après nos informations, le virus se présenterait comme un bâtonnet cylindrique d'une dizaine de centimètres.

Il serait blanc. On le trouverait souvent par groupe de vingt.

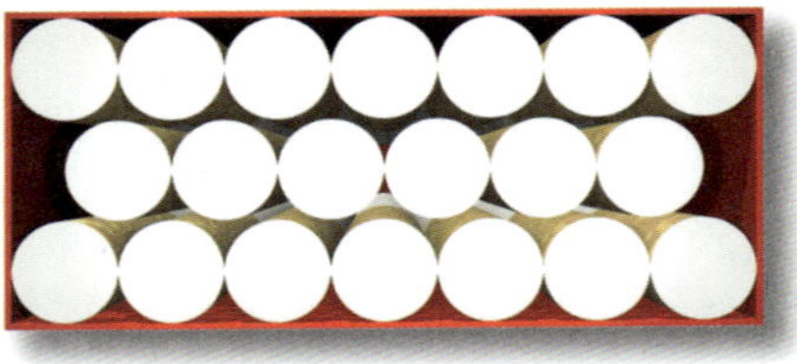

Virus de la mort (grandeur nature)

Le virus de la mort est en vente dans tous les bons débits de tabac.

Fumer tue

À côté du tabac, il y a un armurier.
J'aime bien m'arrêter pour regarder sa vitrine.
Il a des armes anciennes, des revolvers, des fusils avec des crosses sculptées, des poignards, des cartouches de chasse. Tout ce qui tue.
Pourquoi ici c'est pas marqué « Tue », comme sur ma cartouche de cigarettes ?

Un désespéré qui souhaitait se supprimer a acheté une cartouche de cigarettes portant la mention « Fumer tue ».
Il les a fumées, il n'est pas mort. Il envisage d'attaquer la Régie des tabacs pour publicité mensongère.

Un peu de préhistoire

C'est la fête chez les Cro-Magnon. L'un d'eux, le moins bête, appelé Homo Sapiens, vient d'inventer le feu. Tout le monde regarde, émerveillé, les flammes. Certains essayent de les attraper.
Pour la première fois, l'humanité va avoir droit à un plat chaud.
À la fin du repas, Neandertal a allumé une branche de sureau, il a aspiré la fumée, puis l'a fait circuler.
La première cigarette mesurait un mètre.
Tout le monde a voulu goûter.
Les femmes, les enfants, même les mammouths.
Ils ont trouvé que c'était tellement bon qu'ils ont décidé de continuer, et sont partis dans la forêt avec leur machette, se couper des branches de sureau.

Au bout d'un moment, dans la grotte, la fumée est devenue tellement épaisse que les yeux leur ont piqué et ils se sont mis à tousser. Certains ont eu peur de mourir étouffés. Ils ont demandé aux fumeurs d'aller fumer dehors.
Les anti-fumeurs étaient nés.
Désormais l'humanité allait se diviser en deux, fumeurs et anti-fumeurs. Une lutte fratricide commençait. Ce jour-là, à coups de massue, les hommes inauguraient un conflit qui n'est pas près de s'éteindre.

Souvenir de ma première cigarette.

Première barbe, premier pantalon, premier baiser sur la bouche, première cigarette...

La nuit est bleu nuit avec du doré dedans, comme mon paquet de cigarettes, des Week-End.
Elles sont bien rangées dans l'étui, un peu de tignasse blonde dépasse de leur col blanc. J'ose pas les toucher, c'est la première fois.
Au bout d'un moment, j'ai osé.
J'en ai pris une...

Lettre d'une Week-End
à son premier fumeur :

Mon chéri,
Pourquoi on se voit toujours dans les toilettes ? La première fois j'ai compris, mais plus maintenant. Tu pourrais pas trouver un autre endroit plus romantique ? Parfois, j'ai l'impression que tu ne veux pas qu'on nous voie ensemble.
Tu as honte de moi ?

Réponse du jeune fumeur :

Ma petite blonde,
Tu crois que j'ai honte de toi ? Au contraire, je suis fier d'être avec toi, je voudrais que tout le monde nous voie ensemble, qu'on sache que je suis un grand. Mais j'ai peur de ma mère.
Si elle apprend qu'on est ensemble, c'est fini, on pourra plus jamais se voir.
Et ça, je veux pas...

Voyage en Nicotine

J'ai parcouru la mer Égée sur le bateau de la Balto. On a essuyé un coup de tabac, j'ai failli me noyer. Heureusement, le marin de la Navy Cut était là, il m'a jeté sa bouée...
J'ai débarqué en Amérique, j'ai traversé des déserts sur un chameau appelé Camel. J'ai été attaqué par les najas, le cow-boy Marlborough m'a sauvé la vie. Pierre Stuyvesant m'a fait visiter New York et m'a présenté des blondes de Virginie. Je les ai lutinées dans des canapés Chesterfield.
Plus tard, j'ai pris le Transsibérien en wagon fumeurs jusqu'à Kabarosk. J'ai été accueilli par des boyards au teint jaune. En Orient, j'ai dansé avec des sultanes et j'ai chevauché des amazones.
Je suis rentré en France, par Air France. J'ai goûté

aux Gauloises, j'ai fréquenté les Parisiennes et les élégantes. J'ai emmené mes favorites en rallye. Je me suis fait mettre le grappin dessus par une richissime Celtique. Elle m'a forcé à l'épouser. On a vécu la high life, on a pris une suite royale au Marigny. On passait nos week-ends à Deauville. Je m'ennuyais.

Un jour, j'ai rencontré une gitane. Elle était habillée en jaune. Elle m'a embrassé sauvagement contre une colonne Morris et s'est enfoncée dans la nuit... Je ne l'ai jamais revue, ni oubliée.

Son baiser avait un goût maryland.

À quoi reconnaît-on un fumeur ?

À sa cigarette.
À ses doigts jaunes. (Attention, un Chinois a les doigts jaunes même quand il ne fume pas.)
Un fumeur tousse.
Un fumeur crache.
Un fumeur sent mauvais.
Un fumeur n'a pas de volonté.
Un fumeur est nuisible.
Le pire, il s'en fout éperdument.

À quoi reconnaît-on un anti-fumeurs ?

À l'absence de cigarette.
Il est rose et bien rasé.
Il a le genre pharmacien.
Il est inodore (parfois sans saveur).
Il est trouillard (il a peur de mourir).
Il est radin (il n'offre jamais de cigarette).
Il méprise les fumeurs.
Il la ramène un peu (il se croit immortel).
Il est parfois drôle (involontairement)...

La cigarette est dangereuse, a déclaré l'anti-fumeurs. Surtout quand on la fume du mauvais côté.
Le bout allumé dans la bouche.

Discours du docteur Ayatoleau

Président de la Milice anti-fumeurs

Imaginez que vous ne buviez pas d'alcool, mais que vous risquiez quand même une cirrhose du foie.
Imaginez que vous ne regardiez jamais TF1, mais que vous deveniez quand même abruti.
Vous trouveriez cela injuste.
C'est un peu ce qui arrive dans le cas du tabagisme passif. Vous ne fumez pas, mais vous pouvez trépasser d'un cancer du fumeur, parce que vous fréquentez des fumeurs.
On peut se promener dans un champ de tabac sans danger, mais on ne peut pas se promener au milieu d'un champ de fumeurs sans risque.

On sait maintenant que le tabac ne tue pas que les fumeurs, ce qui serait un moindre mal. Il tue aussi, par ricochet et à distance, ceux qui ne fument pas. Ce n'est pas seulement le tabac qui tue, c'est le fumeur.
La lutte anti-tabac doit devenir la lutte anti-fumeurs.
Alors tuons le fumeur.

Dénoncez votre voisin fumeur.
Une boîte aux lettres discrète est à votre disposition dans toutes les mairies.
(Les plaintes anonymes sont prises en compte.)

Roman d'un fumeur

Chapitre I (extraits)

Sa première cigarette, c'est pas lui qui l'a fumée. C'est sa mère, avant sa naissance. C'était une cigarette anglaise.

À l'époque, il flottait au bain-marie dans un liquide tiédasse et douceâtre, inodore et sans saveur. Ce parfum venu d'ailleurs l'a tout de suite émoustillé. Enfin une odeur forte.

Des senteurs du monde extérieur avaient pénétré à l'intérieur.

Quand il est né, il n'a pas crié, il a toussé. Une fois dehors, il a eu une envie pressante de retrouver ce

parfum. Il s'est dépêché d'apprendre à marcher, et s'est précipité au débit de tabac.
Un nouveau fumeur était né.

Ce témoignage *in utero* devrait inciter les mères à bien choisir la marque de cigarettes qu'elles vont fumer pendant leur grossesse.

Faits divers

Fin de repas tragique.
« Tout le monde se sentait bien, on plaisantait. Le vin aidant, certains s'assoupissaient, un sourire aux lèvres. Et alors que tout allait bien, vous savez ce qu'il a fait ?
– Non.
– Il a sorti de sa poche... C'est à peine croyable...
– Un poignard ?
– Pire. Un cigare.
– Il l'a allumé ?
– Non, grâce au ciel il n'a pas eu le temps. Il a pu être maîtrisé avant. »

*

Le forcené s'est enfermé dans les W.-C.
On craint qu'il mette sa menace à exécution. Aux dernières nouvelles, il aurait sur lui des cigarettes. On ignore s'il a du feu. Il a certainement l'intention de fumer, mais quand ? L'ambiance est tendue. Les gendarmes, sur les dents, préparent l'assaut final...

*

Un père de famille indigne.
Chaque soir, il fumait une cigarette devant ses enfants. Il a été dénoncé par son fils aîné, et incarcéré.

*

Hier, lors d'une perquisition, un mégot a été retrouvé au domicile du suspect. Emmené au poste, et à l'issue d'un interrogatoire de quinze heures, il a craqué. Il a fini par avouer qu'il fumait une cigarette le dimanche, à la fin du repas.

*

Un écolier de Dallas.
Le jeune Tom, âgé de 12 ans, élève du collège San-Trinidad, a été arrêté et mis en prison. Un policier a découvert dans son cartable, caché au

milieu d'objets usuels, livres scolaires, revolver Magnum, chargeur avec balles, machine à calculer... un paquet de cigarettes. Il était dissimulé dans la doublure du cartable.
Le jeune garçon a été déclaré coupable de mise en danger de la vie d'autrui.

*

Joli coup de filet.
À la suite d'une perquisition, les gendarmes ont découvert chez Mademoiselle Geneviève Dubois, bibliothécaire, un paquet de cigarettes entamé.

*

Un commando d'anti-fumeurs a mis à sac une pâtisserie qui fabriquait des gâteaux secs appelés « cigarettes ».

*

Un exhibitionniste a été emmené au poste. Il se promenait la cigarette à l'air.

Une équipe de cambrioleurs, entrés par effraction dans une maison particulière, ont décidé de porter plainte. Ils ont été incommodés pendant leur travail par une forte odeur de tabac.
Après un long interrogatoire, le propriétaire, qui s'était présenté spontanément au commissariat, a avoué avoir fumé un cigare moins de douze heures avant leur intervention. Il a été mis en examen.

La vie d'une cigarette

On n'a pas une vie très drôle. On vit à vingt dans une petite boîte, pire que les sardines qui ne sont que six. On aimerait bien sortir, mais en même temps, on n'a pas trop envie. On sait que le jour où on nous fait sortir, c'est pour nous brûler, comme des sorcières.

Après la cigarette Saint-Michel, les Belges viennent de lancer la cigarette Jeanne d'Arc.

Grillons entre amis une Jeanne d'Arc au goût anglais

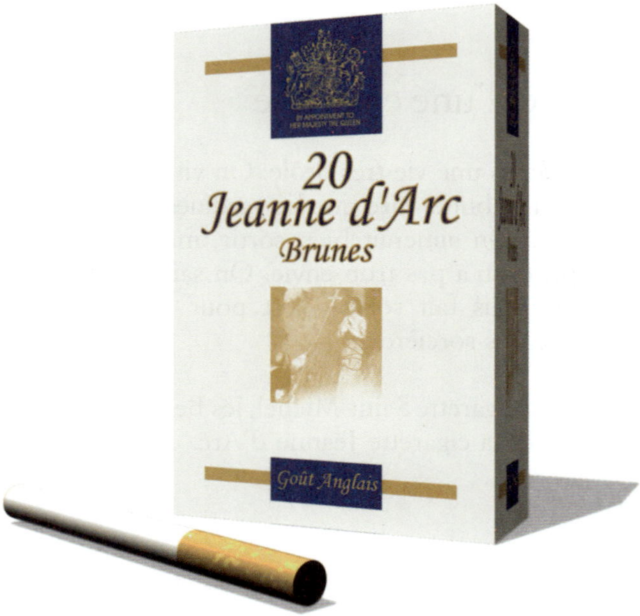

Cigarette du matin, chagrin

C'est la première cigarette, celle du matin, quand il fait encore noir, celle qu'on cherche sans regarder, à tâtons sur la table de nuit. Puis la lumière jaillit du briquet, le goût fort du tabac remplace le goût de vase de la nuit. On entre dans la réalité crue, quotidienne et dure. On tousse.
Attention, à la deuxième cigarette, vous devenez un récidiviste.

Le docteur Guillotin ayant inventé la guillotine, pour ne pas être en reste, le docteur Nicotin inventa la nicotine.

La question du fumeur :

Puisqu'on sait que fumer tue, pourquoi faut-il en plus couper la tête du condamné à mort, après qu'il a fumé sa dernière cigarette ?

La réponse du bourreau :

Deux précautions valent mieux qu'une.

La Sainte-Nicotine

Comme chaque année, les fumeurs ont fêté leur sainte patronne.
Le soleil était de la partie, le public nombreux et l'ambiance bon enfant. Les manifestations habituelles ont rencontré un vif succès.
Au concours de la main jaune, c'est Jacky Boutemie qui a remporté la première place, haut la main. Il a dévoilé son secret : ne jamais laisser sa cigarette se consumer sur un cendrier, la garder toujours à la main. Bravo Jacky !
En revanche, aucun gagnant cette année au concours de ronds de fumée. Le jury a estimé que les ronds ne pouvaient pas être homologués (ils n'étaient pas assez ronds).

Le petit Kevin Santune, 5 ans, a remporté le prix du plus jeune fumeur...
Il a fumé dix cigarettes en avalant la fumée.
Il a été hospitalisé, mais ses jours ne sont plus en danger.
Nous adressons nos félicitations à ses parents.
La finale du concours de toux a opposé Félix Bouton et Fernand Douille.
Après une partie très serrée, Fernand Douille, déjà gagnant l'année dernière, a triomphé. Il a amélioré son record avec une toux de 1 heure et 25 minutes, qu'il a conclue par une quinte majeure, qui a suscité les applaudissements des mélomanes.
Au concours des petites mauvaises odeurs s'affrontaient, cette fois, les mangeurs d'ail, les mangeurs de fromage du Nord et les fumeurs. Les mangeurs d'ail ont gagné, occasion pour le gagnant d'annoncer à l'issue de la partie une bien mauvaise nouvelle.
Après le projet d'interdiction du tabac, le gouvernement songerait à l'interdiction de la consommation d'ail.
Un autre temps fort de la journée a été la remise des décorations.
Le président a d'abord rendu hommage aux nombreux fumeurs qui nous ont quittés dans l'année, puis il a remis aux survivants les médailles. Nous nous joignons à tous pour féliciter les nouveaux décorés.

Paul Bouchez, Médaille d'or.
Consommation de brunes maïs pendant quarante ans, à raison de trois paquets par jour. L'heureux gagnant n'a pu recevoir sa médaille, il est hospitalisé au service de pneumologie. C'est son épouse Henriette qui la lui apportera.
Félix Blette, Médaille d'argent.
Consommation de brunes filtre pendant trente-cinq ans, à raison de deux paquets par jour.
Bernard Bourin, Médaille de bronze.
Consommation de blondes pendant vingt ans, à raison d'un paquet par jour.
Lors de son allocution de clôture, le président des Joyeux Fumeurs a bien fait rire l'assistance quand il a déclaré : « Les non-fumeurs ne manquent pas d'air. Ils aspirent en douce la fumée du fumeur, sans jamais débourser un sou et participer aux frais. Ils fument à l'œil et ils ne disent même pas merci. En plus, ils se plaignent. »
Un grand feu d'artifice a terminé la fête.

La Sainte-Nitouche

Comme chaque année, les anti-fumeurs ont fêté leur sainte patronne.
La journée a commencé par une messe en plein air. Elle était célébrée par le père Insipide, supérieur des Hygiénistes. Dans son homélie, le père a rendu hommage à Bernadette Chouine, qui nous a quittés il y a trois semaines. Il a évoqué sa mort admirable. Elle a refusé une transfusion, quand elle a su que le donneur était un fumeur.
La chorale du Réveil sanitaire a accompagné l'office par des chants édifiants, notamment *À la claire fontaine*, qui a été fort apprécié.
Mademoiselle Béranger avait organisé dans la salle de la paroisse une exposition très intéressante de travaux d'anciens fumeurs proposés à la vente :

peinture, tapisserie, broderie, poterie, sculpture, les cendriers étaient interdits.
Le toujours très attendu match de croquet a opposé cette année l'équipe du Réveil sanitaire à celle des Hygiénistes.
Après avoir dominé la première mi-temps, l'équipe des Hygiénistes a dû s'incliner devant le Réveil sanitaire.
La journée s'est achevée par la tombola, qui a connu comme chaque année un vif succès. Le numéro gagnant est le 021354.
Il gagne un lapin non-fumeur.

Roman d'un fumeur
Chapitre II (extraits)

Ils sont arrivés en nombre. Ils le regardent avec un œil noir, ils s'avancent vers lui, menaçants. Il a très peur. Il ne se sent pas la conscience tranquille. Il presse le pas sans se retourner, il sent qu'ils accélèrent. Alors soudain il s'arrête, se retourne vers eux, et ostensiblement il éteint sa cigarette.
Ils continuent à l'insulter longtemps, et à faire des moulinets avec leurs bras, comme s'ils voulaient dissiper de la fumée, une fumée qui n'existe plus.
Il a été emmené par deux gendarmes, qui l'ont conduit à la gare. Dans le train, ils ont choisi un wagon non-fumeurs.
Le voyage lui a paru interminable.

Dans le wagon non-fumeurs, le voyage semble toujours plus long. Le wagon fumeurs (le pneumologue l'appelle « wagon-tu-meurs ») vous conduit plus rapidement à la fin du voyage.
Un gendarme lui a demandé pourquoi il fumait. Il a expliqué que c'était pour calmer ses angoisses, il avait peur d'avoir un cancer du poumon. Il n'a pas osé lui avouer la vraie raison : il fumait surtout parce que c'était interdit. Il adorait jouer à la roulette russe, c'était son côté trompe-la-mort.
Les gendarmes ont bavardé pendant tout le trajet. Il a écouté tout ce qu'ils disaient.
Un des gendarmes, qui paraissait bien informé, a déclaré qu'il était question d'accrocher d'anciens wagons de marchandises, en queue des trains de voyageurs. On y parquerait les fumeurs.
Ce seraient les nouveaux wagons fumeurs.

Est-on obligé de fumer dans un wagon fumeurs ?

Logiquement, oui. Ça dépend du contrôleur. S'il est tolérant, il peut accepter que vous ne fumiez pas. Attention, il ne s'agit pas d'un droit, seulement d'une tolérance.

« Le fumeur est le serial killer de notre époque. »

Le président du Commando anti-fumeurs.

Bonne nouvelle pour les fumeurs :

La consommation d'un paquet de cigarettes équivaut à une heure de jogging dans Paris.

Mauvaise nouvelle pour les sportifs :

Une heure de jogging dans Paris équivaut à la consommation d'un paquet de cigarettes.

Nouvelles fraîches

Des détecteurs de fumée vont être installés dans les toilettes publiques.

*

Plaisanterie de mauvais goût.
Depuis un mois, Monsieur Delabie reçoit tous les jours, par le courrier, une cigarette glissée à l'intérieur d'une enveloppe. La hantise de Monsieur Delabie est qu'un de ses enfants (il en a six) ouvre l'enveloppe avant lui, et découvre la cigarette. Monsieur Delabie ne comprend pas, il ne se connaît pas d'ennemi. La police est sur l'affaire.

*

L'anti-fumeurs qui a abattu dans la rue un fumeur a été relaxé. La légitime défense a été retenue, le fumeur fumait.

*

Une belle histoire d'amour.
Bernard, ancien fumeur d'anglaises, vient d'épouser Claire, petite fumeuse. Il lui a fait promettre de ne pas s'arrêter et de continuer à fumer pour lui. Chaque soir, il s'installe dans le salon, elle lui fume une anglaise en lui jouant une sonate de Scarlatti. Il l'appelle joliment « mon brûle-parfum ».

*

Tabagisme passif. Un non-fumeur de la région parisienne se met à tousser chaque fois que son beau-frère, qui réside à Marseille, allume une cigarette.

*

Article non-fumeurs.
Un designer a relooké les masques à gaz de la guerre de 14-18. Ils sont destinés aux non-fumeurs particulièrement sensibles. Ils existent en plusieurs modèles : recouverts de velours côtelé, recouverts de serge prince-de-galles. Et le clou, un modèle

gainé de soie noire avec incrustations de strass, pour les soirées chic. En vente à partir d'octobre dans les grands magasins.

*

Le président de l'ACF, Alliance contre les fumeurs, a proposé d'organiser des combats entre fumeurs et non-fumeurs. On équipera leurs doigts avec des ergots en fer. On pourra parier. Les gains seront reversés intégralement à l'association de lutte contre les fumeurs.

*

Une famille accablée. Le fils aîné, grand lecteur, a décidé d'arrêter de lire. Il a calculé que s'il cessait d'acheter des livres, il pourrait économiser par semaine de quoi acheter une cartouche de cigarettes.

*

Conflit chez les frères siamois.
L'un fume, l'autre pas.

L'éventail

La marquise agite son éventail, un très bel éventail du XVIIIe. Elle le tient d'une arrière-grand-mère. Il est en ivoire et en soie, le décor représente une pastorale à la Watteau. Malgré le temps, les couleurs, surtout les roses, ont gardé leur fraîcheur. La marquise a toujours son éventail à la main, elle l'agite pour chasser les mauvaises odeurs. Chaque fois que ses enfants reviennent d'une promenade à cheval, elle s'évente, elle ne supporte pas qu'ils sentent l'écurie. Quand ses petits-enfants mâchent du chewing-gum, elle s'évente, elle ne supporte pas l'odeur de la menthe. Chaque fois que quelqu'un a mangé de l'ail, chaque fois que quelqu'un a mis du parfum, elle s'évente, et surtout, surtout, ce qu'elle supporte le moins, c'est quand on fume autour d'elle. Son mari fume la pipe, son fils fume le cigare et sa belle-fille parfois la cigarette... Agacés par l'éventail, un jour ils ont décidé d'aller fumer ailleurs.

Ils ne sont jamais revenus.

La marquise vieillit toute seule dans son grand salon. Elle a toujours son éventail. Il ne bat plus des ailes, il est sur ses genoux, inerte comme un oiseau mort. Elle n'en a plus besoin, il n'y a plus de mauvaises odeurs, il n'y a plus de fumée. Il n'y a plus personne. Elle a fait le vide autour d'elle.

Le fumeur honteux.
Il éteint la lumière pour fumer.

Infos scientifiques

Un chercheur américain vient de trouver les responsables de la canicule.
Ce sont les fumeurs.
Leur fumée réchauffe l'atmosphère.
Raison de plus pour intensifier la campagne anti-fumeurs.

*

Dans le cadre du programme de recherche intitulé « On peut s'en passer », un laboratoire du Dakota a isolé depuis sa naissance un enfant, pour le mettre à l'abri, notamment du tabac.
L'enfant, qui a maintenant 15 ans, a été élevé dans

une chambre stérile. Il n'a jamais vu un fumeur, il n'a jamais respiré de fumée de tabac, il n'a jamais vu un paquet de cigarettes, ni en réalité ni en photo sur une publicité.
Il ne sait pas ce qu'est une cigarette.
Sa santé est excellente. Son cœur : état neuf. Ses poumons : roses. Son moral : moyen, on a l'impression qu'il s'emmerde un peu dans sa chambre stérile. Son regard est inquiet, il appréhende la suite.
Il a appris qu'on allait poursuivre le programme « On peut s'en passer » avec le sucre, le sel, le beurre et l'air...

À la demande du ministère de la Santé, l'INRA vient de créer un nouveau tabac. Un tabac sanitaire. Il est vert.
Il ne contient ni goudron ni nicotine, ni graisse ni sucre. Il est évidemment inoffensif. Au contraire, il est conseillé par le corps médical.
Il existe en plusieurs parfums : lavande, foin séché, fruit de la passion, tilleul et verveine.
Les fumeurs qui l'ont essayé sont unanimes : c'est vraiment dégueulasse.

Les premières cigarettes de tabac sanitaire seront en vente au début de l'année, elles s'appelleront « Poumon Rose ».

Sans goudron ni nicotine, le tabac sanitaire

Une mission scientifique parlementaire s'est réunie pour débattre des problèmes de pollution atmosphérique. Fumeurs et non-fumeurs se sont affrontés violemment. Les anti-fumeurs, évoquant le rejet de leur fumée dans l'atmosphère, rendent responsables les fumeurs de la pollution atmosphérique. Un député fumeur s'est alors levé, furieux, il a répondu aux anti-fumeurs qu'ils polluaient eux aussi. Il a exhibé les résultats d'analyses scientifiques qui mesurent la quantité de gaz carbonique rejeté dans l'air par les non-fumeurs.
Son intervention a jeté un froid. L'assistance retenait son souffle, elle semblait avoir honte de respirer.
Pour calmer le jeu, le président de l'assemblée a proposé de mettre rapidement sur pied une grande campagne de presse pour inciter les êtres humains à respirer avec modération.

*

Un médecin polonais, le professeur Wyrobova, aurait mis au point un vaccin contre le tabac. Des essais sur des animaux de laboratoire auraient donné des résultats encourageants. Le professeur Wyrobova prétend que, une fois vaccinées, les souris refusent poliment mais fermement les cigarettes qu'on leur offre.

Si les tests confirment les premiers résultats, il serait envisageable, dans un avenir prochain, de vacciner tous les souriceaux dès leur naissance.

*

Recherche sur les effets secondaires du tabac chez les non-fumeurs. Des tests ont mis en évidence, chez certains, l'apparition d'une forme de névrose : la tabacophobie. Elle augmente l'agressivité du sujet et provoque des hallucinations.

Pour le tabacophobe, la vie devient un enfer, il voit des cigarettes partout.

Dans ce tableau de Quentin Metsys, il en voit 52.

Le tabacophobe

Quand il croise un passant qui ne fume pas, il le soupçonne d'être entre deux cigarettes. La dernière qu'il vient de terminer, la nouvelle qu'il va allumer.
Quand, dans son entourage, quelqu'un met la main à la poche, il pâlit et se met à trembler. Il pense qu'il va sortir un paquet de cigarettes.
Ses rêves sont pleins de fumée. Il croise des cigarettes qui se moquent de lui et il se réveille en toussant. Il ne sort plus qu'avec un masque à gaz. Il hait les fumeurs. Il a rompu avec plusieurs de ses meilleurs amis, et avec son père, parce qu'ils fumaient. Récemment, il a changé de garagiste. Le sien fumait. Il a brûlé toutes ses photos de jeunesse où on le voyait fumer...

Il divise l'humanité en deux, les fumeurs et les non-fumeurs.
Quand on lui parle de quelqu'un qu'il ne connaît pas, sa première question est : « Est-ce qu'il fume ? »
Pour ne pas passer devant un débit de tabac, il change de trottoir. Dans la rue, il insulte les fumeurs et les menace.
Il devient dangereux, sa femme a peur. Récemment il s'est acheté un fusil.

Quelques cas de tabacophobie douce

Dans sa bibliothèque, il a séparé les auteurs non-fumeurs et fumeurs. Ceux-ci, il les lit avec des gants et un masque.

Quand elle a appris que Balzac fumait en écrivant, elle a arrêté de le lire et elle a jeté toute son œuvre à la poubelle.

Quand elle a su qu'il fumait en composant, elle a cessé d'écouter Mozart, qu'elle adorait. Elle s'est consolée avec Camille Saint-Saëns, un non-fumeur.

Quand il a appris que Modigliani fumait, il a fait désinfecter, par un laboratoire spécialisé, un dessin original qu'il tenait de sa famille.

L'anti-fumeurs affirme que la nicotine rend bête, pourtant il ne fume pas.

Roman d'un fumeur
Chapitre III (extraits)

Pour avoir moins de chemin à parcourir, il s'est approché de l'estrade. Il regarde au-dessus de lui le président qui fait son discours. Il a peur, mais il a promis, il ne peut plus reculer. Après un bond insensé et un rétablissement, il se retrouve sur l'estrade, ébloui.

Le président s'est tu, personne n'ose intervenir. Tous les congressistes retiennent leur souffle et le regardent.
Calmement, il sort de sa poche un paquet de cigarettes. Il en allume une et, crânement, face à tous, il crache sa fumée vers le ciel.

Alors, au milieu des grondements, on a entendu un petit applaudissement discret qui venait du fond. C'était une jeune fille pâle avec des longs cheveux, qui applaudissait.
Le service d'ordre est arrivé. Il a eu le temps, avant d'être emmené dans la coulisse, de brandir son drapeau.

Sur son drapeau il avait écrit, en gros, le mot **Liberté**.

Fumer tue

Une cigarette : 1 mort.

À la suite d'un malaise, un septuagénaire, qui fumait une cigarette devant sa fenêtre ouverte, est tombé dans la rue. Il est mort sur le coup. Il habitait au 14e étage.

Un enfant de 4 ans a profité que son père allumait une cigarette pour se noyer dans la piscine.

Une cigarette : 4 morts.
Un garagiste, qui fumait pendant le remplissage de sa citerne d'essence, a mis le feu à son garage. On a retrouvé au milieu des décombres quatre cadavres.

Une cigarette : 400 morts.
Sur l'enregistrement des dernières paroles dans le poste de pilotage avant l'accident, on entend distinctement le pilote demander du feu à son copilote.
Les quatre cents corps calcinés sont en cours d'identification.
Chaque fois, le terrible adage **Fumer tue** se vérifie.

Fumer tue,
Fumeur tueur,
Tuons le fumeur.

Un badge fumeur-tueur est à l'étude.
Il sera bleu et obligatoire l'année prochaine.

« Avant, nous avions la peste et le choléra. Maintenant nous avons l'alcool et le tabac... »

Docteur Zorro,
président de l'API, Agence pour la promotion de l'immortalité.

La loi

Jacques Ier (1566-1625), roi d'Angleterre, Mouras IV (1609-1640), sultan ottoman, Michel III Fedorovitch (1596-1645), tsar de Russie, punissaient de mort la consommation du tabac.
Désormais, tout fumeur qui souhaiterait fumer une cigarette doit en avertir les autorités dans le mois qui précède. Il remplit une demande, et fait enregistrer cette dernière par le service des libertés. Il doit signaler l'endroit précis où il envisage de fumer, de façon à permettre aux préposés de délimiter un périmètre de sécurité. Il doit aussi indiquer l'heure exacte, de façon que les pompiers soient présents sur les lieux au moment de l'allumage. On pourra alors lui délivrer un permis de fumer.
Un seul permis de fumer par an sera accordé.

*

À partir du 1er juin, le bistrot appelé depuis 1714 « Au chien qui fume » devra s'appeler « Au chien qui pète ».

*

Un détecteur individuel de fumée est à l'étude. Il s'agit d'une puce qui serait greffée dans la gorge du fumeur et qui déclencherait à distance, dès que ce dernier fume, des sirènes installées dans les lieux publics.
Que faire quand vous entendez une sirène ?
Repérez le fumeur et appelez la police.

*

À l'Assemblée nationale, un député a demandé que, sur les vignettes des paquets de cigarettes portant la mention « Fumer tue », soit ajouté « Turlu TueTue ».

*

La carotte des débits de tabac est désormais interdite. Elle devra être remplacée par une tête de mort rouge.

*

Le syndicat des garçons de café a obtenu l'autorisation, pour ses membres, de porter un masque à gaz pendant leur service.

*

À l'Assemblée nationale, un député communiste a demandé que, sur les vignettes « Fumer tue », soit ajoutée la mention « Avec la complicité de l'État ».

*

Le ministre de l'Intérieur a décidé d'interdire l'entrée en France et le droit d'asile aux étrangers qui fument.

*

Après la fumée, le ministère de la Santé songe à interdire le feu.

Les fumeurs demandent expressément au gouvernement d'ajouter, par souci d'exactitude, l'adverbe de quantité « trop » au « fumer tue » des paquets de cigarettes.

Avant l'interdiction des cigarettes, une femme qui voulait quitter le domicile conjugal disait à son mari : « Je vais acheter des cigarettes... » et elle ne revenait pas.

Qu'est-ce qu'elle va pouvoir dire, maintenant ?

Elle ne dira rien, elle restera au domicile conjugal.

Ce sera mieux pour tout le monde, a déclaré le président des anti-fumeurs.

Roman d'un fumeur
Chapitre IV (extraits)

Une seule fois dans sa vie il a décidé d'arrêter de fumer. Il avait 20 ans.
Il avait rencontré une jeune fille pâle aux cheveux longs dont il était tombé éperdument amoureux. Elle avait la tuberculose.
Comme elle toussait, il ne voulait pas en rajouter avec sa fumée, il a arrêté de fumer. Pas longtemps. Elle s'est éteinte au bout de six mois.
Elle a été enterrée au Père-Lachaise. Il a été triste à en mourir, il a rallumé sa cigarette.
Pendant quarante ans, il a fumé un paquet par jour. Il a calculé que ses cigarettes mises bout à bout faisaient trente kilomètres.

Approximativement la distance qui le sépare du Père-Lachaise.
Là où il rêve d'être enterré...

L'anti-fumeurs veut faire croire à son petit garçon que, dans les cimetières, il n'y a que des fumeurs.

Les lignes droites

Il est derrière son bureau, il regarde par la fenêtre. Les tours montent vers le ciel, droites. Les rues se croisent à angle droit, le boulevard s'enfonce tout droit dans la banlieue, les rails parallèles de la gare partent se rejoindre à l'infini.
Il regarde à l'intérieur, son piano est droit. Sur son bureau, son papier à lettres a des angles droits, sa règle est droite. Il en a marre des lignes droites.
Avec sa main droite, il sort de sa poche un cigare, l'allume. Il regarde le monde derrière la fumée, parfumée.
Les lignes droites se mettent à onduler, la règle à se tortiller, les murs à se gondoler, les tours à se tordre, le boulevard à zigzaguer.

Derrière la fumée, le monde semble moins rigide, plus rigolo.
Alors il décide, malgré tout, de continuer à faire ce qu'on n'a plus le droit de faire : fumer.

Faits divers

Un homme entièrement nu interpellé par la police. Il fumait devant la cour de récréation d'une école maternelle. La police appelée l'a contraint à éteindre sa cigarette.

*

Une saine réaction. Pierre Boulotte a poignardé son beau-frère qui voulait lui offrir une cigarette. Un comité de soutien vient d'être créé pour obtenir sa libération.

*

Un instituteur inconscient a fait conjuguer, à ses élèves de CM1, le futur du verbe du premier groupe : fumer.
Son procès aura lieu en mai prochain.

*

Monsieur le curé est mort cette nuit. C'est la consternation et la stupeur dans le village. Personne ne comprend, il ne fumait pas. Les non-fumeurs indignés menacent de ne plus croire en Dieu.

*

Un anti-fumeurs a fait volontairement un écart avec son véhicule pour écraser un fumeur assis au pied d'un arbre. L'anti-fumeurs est dans un état grave. Le fumeur est indemne.

*

Pris sur le fait. Maurice Tampon a été surpris dans la rue Jean-Jaurès alors qu'il allait allumer une cigarette. La police, prévenue par Madame Delabie, qui l'observait depuis sa fenêtre, a pu l'interpeller à temps.

*

L'AFTA (Association familiale des téléspectateurs anti-fumeurs) a protesté à propos d'une séquence du JT de 13 heures, sur la torture d'enfants délinquants. Un tortionnaire fumait.

Fumer crée une forte dépendance ne commencez pas

Fumer nuit gravement à votre santé et à celle de votre entourage

Fumer provoque un vieillissement de la peau

La fumée contient du benzène, des nitrosamines, du formaldéhyde et du cyanure d'hydrogène

Fumer provoque le cancer mortel du poumon

Fumer peut diminuer l'afflux sanguin et provoque l'impuissance

Fumer peut nuire aux spermatozoïdes et réduit la fertilité

Fumer bouche les artères et provoque des crises cardiaques et des attaques cérébrales

Fumer pendant la grossesse nuit à la santé de votre enfant

Les fumeurs meurent prématurément

Fumer peut entraîner une mort lente et douloureuse

Quand je lis tout ça, ça me fait peur. J'ai envie de fumer encore plus, dit le désespéré.

Le coin des désespérés.

Il est pressé d'en finir, il en a marre.
Pour ne pas déranger ses voisins, il ne voudrait pas quelque chose de violent. Il a allumé une cigarette avec son briquet à gaz, pour réfléchir. Il a entendu, en l'ouvrant, le petit bruit que faisait le gaz en s'échappant. Ça lui a donné une idée... Il s'est allongé sur son lit, il a posé son briquet à gaz sur sa table de nuit, il l'a ouvert sans l'allumer. Il a écouté le petit bruit que faisait le gaz en s'échappant, et il a fermé les yeux. Il attend, il n'est plus pressé. Il a tout son temps.

Une solution radicale pour les désespérés :
Fumer de l'amiante.

Chez le psy

Il m'a montré des photos de poumons noirs et de poumons roses. Il m'a demandé de choisir la couleur que je préférais. J'ai pris un beige rosé. Il a eu l'air satisfait.
Après, il a mimé, avec beaucoup de réalisme, l'agonie d'un fumeur qui étouffe.
Il m'a proposé de revenir souvent, il m'a dit qu'il me trouvait très sympathique.
Pour la séance, il m'a demandé 300 euros, en liquide.

En éteignant définitivement sa cigarette, l'homme va pouvoir rallumer le flambeau de son immortalité.

Docteur Zorro, président de l'API.

Les petits trucs pour arrêter de fumer :

J'adore fumer une cigarette à la fin du repas, que faire ?
Supprimez les repas.

J'adore fumer une cigarette après avoir fait l'amour, que faire ?
Ne faites plus l'amour.

Je fume en travaillant.
Arrêtez de travailler.

Vous pouvez aussi :

Vous faire interdire de débit de tabac.

Vous faire coudre la bouche.

Votre médecin ou votre pharmacien peuvent vous aider à arrêter de fumer. Votre boucher aussi. Demandez-lui de vous couper les mains avec son hachoir.

La dernière cigarette

Avant, c'était celle du condamné à mort. Maintenant, c'est celle du condamné à vivre...

Lettres de rupture à une cigarette

À ma Favorite,

J'ai une mauvaise nouvelle à t'annoncer, je vais arrêter de fumer. Tu n'es pas en cause. Je te promets, il n'y en aura pas d'autre après toi. Tu seras ma dernière cigarette.
Je ne prends pas cette décision de gaieté de cœur, mais un peu sous la contrainte.
Je ne peux pas te dire qui me l'a demandé, tu vas la détester encore plus.
Je te souhaite de retrouver quelqu'un, un fumeur plus jeune (ce ne sera pas difficile) et plus courageux (ce sera encore moins difficile).
Chaque fois que je pense à toi, je suce une pastille de Nicoprive.
J'en suis à 50 pastilles par jour. Je n'arrive pas à me consoler.
Quand je pense à toi, les yeux me piquent.

Ton Fumeur

À ma dernière G...

J'y pense depuis un moment, mais je n'osais pas te le dire, on est lâches, nous les hommes. J'avais peur de ne pas trouver les mots, peur de te faire du mal, à toi qui m'as fait tant de bien.
Voilà, il faut qu'on arrête. C'est plus raisonnable, avant que ça se termine mal.
Il paraît que ça se termine toujours mal.
Il ne faut garder que de bons souvenirs, pas un goût de cendre.

Je n'oublierai jamais la première fois. Ta petite robe bleue que j'ai déchirée, ta blancheur, le feu qui nous a embrasés...

Je n'oublierai jamais que tu as toujours été là dans les moments durs. L'air de rien, tu m'as aidé à les supporter.
Voilà, c'est dit, mais le plus dur reste à faire.

Comment je vais pouvoir me passer de toi ?
Au début, j'avais dans l'idée d'espacer nos rencontres et de continuer à nous voir.

Tout le monde me dit que c'est trop dur, qu'il faut arrêter définitivement.
Mais surtout, ne va pas t'imaginer que j'ai rencontré un cigarillo.

Ton Gaulois

Réponses de la cigarette

Mon Vieux Fumeur,

Ça fait maintenant quarante ans qu'on est ensemble pour le pire et pour le meilleur. Je suis toujours là, disponible. Et voilà que Monsieur veut du changement. Sa cigarette brune de tous les jours ne lui suffit plus, il lui faut des extras.

Alors on va voir ailleurs et la brune reste à la maison pour les corvées. Il faut que tu saches que ça ne marche pas avec moi, je ne partage pas. Ou alors je vais me faire allumer ailleurs.

Ne t'étonne pas si un jour en rentrant tu trouves ton porte-cigarettes vide.

Ta Cigarette Légitime

Cher Menteur,

Quand tu m'as écrit qu'il fallait qu'on arrête de se voir, tu m'as juré que tu arrêtais de fumer définitivement, que les cigarettes c'était fini. Je t'ai cru.
On t'a vu hier, avec une blonde au bec. Tu ne te caches même pas, tu pourrais le faire par respect pour moi.
Qu'est-ce qu'elle a de plus que moi, ta blonde ? D'abord, c'est une fausse blonde. Ça ne te fait rien, toi qui as toujours aimé l'authenticité ? Moi, je suis une vraie brune, une cigarette de prolo. Et tu sais bien que c'est pas parce que je suis en caporal ordinaire, que je ne suis pas douce.
Comme tous les petits, tu as toujours été fasciné par le luxe.
Qu'est-ce que tu imagines ? Elle se fout pas mal de ta gueule, ta blonde. Elle va vite te laisser tomber, mon petit prolo.

Ta Vieille Clope

Lettres d'anciens fumeurs qui craquent à leur cigarette préférée

À ma G...

Je pensais que j'allais tenir, je me croyais fort. Hier soir, j'ai remis ça. Pardon, mais t'étais pas là. J'ai pris ce que j'avais sous la main, une Parisienne, une P4. Je l'ai fumée sans plaisir, je pensais trop à toi. Je t'aime toujours.

Ton Accro

Ma Clope adorée,

Ça fait aujourd'hui quinze jours que je suis en cure de désintoxication. Les Fumeurs anonymes m'aident bien, ils viennent me voir tous les jours. Ils essaient de me distraire pour que je ne pense plus à toi.

Ils m'apportent des livres avec des images, ils me montrent des photos en couleurs de poumons de fumeurs, tout noirs.

Ce que j'aime moins, c'est qu'ils me disent du mal de toi. Ils viennent de me prêter une BD qui s'appelle La Clope, cette salope. *Je te promets, je ne la lirai pas, par respect pour toi.*

Ton Jules

Mon Élégante,

Pourquoi depuis un moment tu mets des tee-shirts avec des horreurs écrites dessus, comme « Fumer tue » ?
Je sais que c'est de la provocation, tu mets ça pour rigoler. Je te jure que c'est pas drôle.

Les gens commencent à le croire, ils vont se méfier de toi. Moi, je sais bien que t'as jamais fait de mal à une mouche, mais fais attention aux rumeurs, ça laisse des traces. Peut-être que moi aussi, un jour, je vais le croire. Comme tous les imbéciles, je dirai : Il n'y a pas de fumée sans feu.

Ta Victime Consentante

Ma belle G...

Je trouve que le vert ne te va pas au teint, que le jaune te donne mauvais genre.
Finalement je te préfère en bleu.

Ton Gitan

Ma Celtique,

Je t'aime toujours, mais on va devoir se séparer, contraints et forcés. Je ne sais pas si je vais oser t'en avouer la raison.
J'ai toujours été franc avec toi, je vais te le dire : tu me reviens trop cher.
T'augmentes sans arrêt, je peux plus suivre. Surtout que je suis au chômage.
« Pas de travail, pas de cigarette », dit ma mère. Je te quitte au plus mauvais moment, quand j'allais avoir le plus besoin de toi.
Chienne de vie.

Un Fumeur Fauché

Cigarettes de riches, cigarettes de pauvres

Avant, il y avait les cigarettes des riches et les cigarettes des pauvres (depuis les augmentations, toutes les cigarettes sont devenues des cigarettes de riches).

Les blondes, c'était plutôt pour les riches et les filles. Mais il y avait des blondes pour petit budget. Les petites secrétaires, qui s'étaient fait belles pour aller au bal, se donnaient un genre et un goût de luxe en fumant des blondes mentholées.

Ceux qui voulaient rêver de l'Amérique à moindres frais fumaient des « goût Maryland ».

Les prolos fumaient plutôt des brunes, les Celtiques, les Boyards et du caporal supérieur. C'étaient des cigarettes d'homme.

Je me souviens des Balto, ni brunes ni blondes, elles étaient châtain.

Je me souviens aussi des Élégantes, c'étaient les moins chères, le paquet ressemblait à du papier d'emballage. Il y avait les P4 pour les petits fumeurs fauchés, le paquet ne comptait que quatre cigarettes. Et les « troupes », qu'on donnait aux bidasses. Elles étaient en caporal ordinaire...

Avant, le gouvernement se chargeait de la formation des jeunes fumeurs.

N'oublions pas que c'est au service militaire que beaucoup de jeunes ont fumé leur première cigarette, et appris à fumer. L'État offrait gratuitement tous les mois, à chaque jeune, une ration de cigarettes.

Rétablissons d'urgence le service militaire.

110 - **La Grande Guerre 1914-1918** - *Artillerie lourde Française - Obusier de 220*

La guerre tue, le tabac aussi

Quand on sait que l'armée distribuait aux poilus des rations quotidiennes de tabac, on comprend mieux le nombre colossal de morts de la guerre de 1914-1918, et pourquoi les cimetières militaires sont si grands.

Les poilus qui avaient échappé aux obus allemands n'ont pas résisté au caporal ordinaire.

« Le débitant de tabac n'est rien d'autre qu'un marchand d'armes »,
a déclaré au journal de TF1 le directeur de l'Institut du réveil sanitaire.

Quelle différence entre une cigarette et une bombe atomique ?

Les cigarettes ne sont pas vendues à l'unité.

Projets de loi

Un député, fumeur actif, a déposé un projet de loi qui suscite une vive réaction chez les non-fumeurs. Les fumeurs passifs seraient reconnus coupables du délit de grivèlerie.

Une demande solennelle du ministère de la Santé a été faite au secrétaire perpétuel de l'Académie française, de supprimer du dictionnaire les mots suivants : cigarette, clope, cigare, tabac, cendrier, briquet.

Sur le CV, la carte d'identité nationale et le passeport, la mention fumeur (ou non-fumeur) va bientôt être obligatoire.

Par décret du 10 mai, la chanson *J'ai du bon tabac dans ma tabatière* est désormais interdite sur les ondes nationales et dans les classes de chant des écoles primaires.

À partir du 1er septembre, la mention « Fumé » ne doit plus figurer sur les emballages de denrées alimentaires. Elle doit être remplacée par « Parfumé au feu de bois ».

Un décret du ministère de la Santé oblige désormais les cinémas, qui projettent des films où les acteurs fument, à être équipés d'un extracteur de fumée.

Désormais, tout policier en uniforme est habilité à éteindre, avec son canon à eau, tout individu qui fume.

Après l'interdiction du tabac dans les lieux publics, un homme politique, soucieux de nos poumons et de sa réélection, propose d'interdire la consommation du tabac dans les lieux privés.
Des agents assermentés pourront venir à tout moment chez vous, vérifier si vous ne fumez pas.
Un seul endroit leur serait interdit, les W.-C.
Les fumeurs n'ont plus qu'une solution, fumer dans les chiottes.

Les fumeurs vont désormais avoir un casier judiciaire.
Il sera en acajou avec un humidificateur à l'intérieur.

Le ministre de la Santé songe à interdire la mort. Les contrevenants seront condamnés à vie.

Le peintre

Il a planté son chevalet dans la campagne, à un endroit où le ciel est immense. Il regarde en l'air. Il est déçu, le ciel est vide, une grande toile monochrome bleu uni.
Tous les jours, c'est pareil. Depuis un mois, le temps est désespérément beau, et le ciel désespérément vide. Lui, il voudrait de la matière, pour accrocher la lumière. Comme il est respectueux, de nature et de la nature, il ne peint que ce qu'il voit. Il n'ose pas intervenir, il ne veut pas inventer quelque chose, ni rien ajouter. Alors, il attend, il attend qu'ils arrivent, les merveilleux nuages...
Il allume sa pipe, il fume les yeux au ciel. Des petites bouffées de fumée montent dans l'air. Il

somnole en regardant distraitement les volutes qui s'effilochent.
Tout à coup, il se redresse, saisit son pinceau, et peint sur la toile des petits nuages avec des sfumatos.
Il a montré le tableau à sa femme, elle l'a trouvé très beau. Elle a beaucoup apprécié les petits nuages. Il ne lui a pas dit d'où ils venaient.
Il n'a pas le droit de fumer. Elle le lui a interdit, pour son cœur.

« Le fumeur mal élevé est le complice de l'anti-fumeurs, il lui donne de bonnes raisons d'être anti-fumeurs. »

Le savoir-vivre

Les anti-fumeurs se plaignent de tous les fumeurs, ils prétendent qu'ils manquent de savoir-vivre. Heureusement, le fumeur n'est pas forcément mal élevé. J'ai rencontré des fumeurs très bien élevés, ils demandent à leur entourage la permission de fumer.

En revanche, il existe des anti-fumeurs mal élevés. Ils ne demandent jamais à leur entourage si ça ne dérange pas qu'ils ne fument pas.

Avant de démarrer son automobile qui fume, est-ce que l'anti-fumeurs demande la permission à son entourage ?

Avant de griller des sardines dans son jardin, est-ce que l'anti-fumeurs demande la permission à ses voisins ?

Le fumeur ne méprise pas le non-fumeur. Il ne le regarde pas avec un sale œil, et surtout, il ne le dénonce pas à la police.

Ne pas oublier que le fumeur est aussi un être humain. Un fumeur qui ne fume pas n'est pas très différent, excepté l'odeur, du non-fumeur.
Le fumeur est tolérant, il interdit à ses enfants de se moquer des enfants du non-fumeur.
En revanche l'anti-fumeurs élève souvent ses enfants dans la haine du fumeur.

Le non-fumeur à qui on propose une cigarette doit dire, avec un sourire : « Non, merci. »

Et surtout ne pas faire la grimace en répondant : « Ah non, certainement pas ».
Ou encore pire : « Vous voulez ma mort ? » De toute façon, quand un non-fumeur se trouve au milieu de fumeurs qui fument, foutu pour foutu, il a intérêt à fumer.

Le fumeur n'a pas d'âme, l'anti-fumeurs a-t-il un cœur ?

Lui qui sait que fumer tue, lui qui sait que fumer peut entraîner une mort lente et douloureuse, il devrait, quand il croise un fumeur qui fume, avoir à son égard les attentions et la compassion qu'on doit aux mourants.
Il devrait l'accompagner, lui prendre la main, lui murmurer des paroles apaisantes, lui rafraîchir le visage avec un linge humide, recueillir ses dernières volontés et, quand ce sera fini, pourquoi pas lui fermer les yeux ?
Au lieu de tout cela, qu'est-ce qu'il fait l'anti-fumeurs ?
Il se sauve en se pinçant le nez...
Ne peut-on pas parler, dans ce cas, du délit caractérisé de non-assistance à personne en danger ?

Fumer peut entraîner une mort lente et douloureuse

« Je ne promets pas à tous les non-fumeurs l'immortalité, mais la garantie d'échanger une mort lente et douloureuse contre une mort rapide et agréable. »

Docteur Zorro, président de l'API.

Le filtre sur une cigarette, c'est comme le silencieux sur une arme.
Ça tue, mais plus discrètement.

Roman d'un fumeur
Chapitre V (extraits)

... Il a toujours voulu faire du cinéma. Son premier film était en 16 mm noir et blanc. Il avait un très petit budget, il n'avait pas de décorateur, il a dû tourner en décor naturel. Comme il trouvait que ça faisait un peu nu, il a fait peindre les murs en noir et il a demandé à tous les comédiens de fumer.
La fumée a envahi l'espace, elle accrochait la lumière. L'image est devenue très belle.
Comme dans M le Maudit...

La Création de l'homme de Michelangelo.

« File-moi une taffe », dit Dieu à Adam.

Dieu et le tabac

Dieu reconnaît qu'il a créé le feu.
Mais la fumée, il dit que c'est pas lui, c'est le diable.
La cigarette, ce serait l'homme...

La Renonciation à la cigarette de Fra Angelico.

Le tabacophobe voit 5 cigarettes dans ce tableau.

L'ange Gabriel vient d'annoncer à la Sainte Vierge qu'elle allait mettre au monde un Jésus. Il l'a bien prévenue que ce serait Jésus ou tabac. La Vierge, grosse fumeuse, semble contrariée, elle dit qu'elle va réfléchir.

Doit-on se confesser après avoir fumé ?
Bien sûr. Fumer est un péché.
Une cigarette, un péché véniel. Un cigare, un péché mortel.

Un fumeur repenti, qui a rêvé la nuit qu'il fumait une cigarette, doit-il aller se confesser ?
Non, s'il a la ferme résolution de ne pas recommencer.

Un confesseur a-t-il le droit de fumer dans son confessionnal ? Non. Comme le conducteur de bus, il n'a pas le droit de fumer dans sa cabine.

Un théologien, non-fumeur, affirme que le serpent du paradis terrestre n'a pas proposé à Ève une pomme... mais une clope.

Donnons du feu à ceux qui n'en ont pas

Les apôtres sont sur les nerfs. Ils fumeraient bien une petite clope pour se détendre, mais ils ne peuvent pas. Dieu n'a pas encore créé le feu. Des mauvaises langues disent que c'est volontairement, pour que son fils ne fume pas.
Le Saint-Esprit, sans doute lassé d'être le pigeon, a envie de se venger. Il décide de descendre sur terre pour amener du feu aux apôtres, et leur permettre de fumer en douce.
C'est alors qu'il a l'idée des langues de feu. Il fait descendre sur chaque apôtre une petite flamme à hauteur d'homme, pour qu'ils n'aient pas à se pencher pour allumer leur clope. Il vient d'inventer le briquet.

Plus tard, on appellera ce jour : la Pentecôte.

Indiscrétions religieuses

On dit que Jésus-Christ était un gros fumeur. Enfin c'est Judas, le traître, qui le dit.

L'apôtre Jean prétend que Jésus ne fumait qu'une cigarette par jour, après la Cène.

La Cène de Léonardo da Vinci (détail).

« En vérité, en vérité je vous le dis, une petite cigarette après la Cène, c'est bon », dit Jésus.

Jeanne d'Arc a refusé la dernière cigarette avant de monter au bûcher.

Le Vatican a en projet l'excommunication des fumeurs.

L'encensoir va être interdit à l'intérieur des églises. Il devra être remplacé par des vaporisateurs qui diffuseront une odeur de sainteté.

Un théologien anti-fumeurs prétend que le fumeur n'a pas d'âme. Elle est partie en fumée.

Au Jugement dernier, il paraît que saint Pierre demandera aux âmes de montrer leurs doigts et une radiographie de leurs poumons.

Aura-t-on le droit de fumer au purgatoire ?

Oui, si aucune âme ne s'y oppose. Mais seulement sur la terrasse.

Sainte Nitouche fume en douce. On a découvert un cendrier plein de mégots dans sa cellule.

Sainte Nicotine, qui n'était ni vierge ni martyre, aurait été canonisée par erreur.

Bientôt en vente, la cigarette **CARMEL**, la préférée de sainte Thérèse de Lisieux.

Une cigarette qui vous emmène au ciel

Prière à réciter lors d'une tentation de fumer.

Chaque fois que le diable vous apparaît sous les traits de sainte Nicotine et vous propose une clope, faites-vous aider par Jésus-Christ. Récitez cette prière :

Cher Jésus,

Donne-moi la force et le courage de résister à sainte Nicotine.
Toi aussi tu as eu envie de fumer, surtout quand tu étais sur la croix. Mais chaque fois, tu as repoussé ses avances, jamais tu n'as succombé à la tentation. Aide-moi, mon Jésus. Si je craque une allumette, que ce soit pour t'allumer un cierge.

Prière d'une femme de fumeur à sainte Nicotine.

Chère sainte Nicotine,

Est-ce que vous pourriez lâcher un peu mon mari ? Vous savez que c'est un lâche, comme beaucoup d'hommes. Il n'a pas de volonté, alors vous avez beau jeu avec lui. Entre femmes, on peut se comprendre. Laissez-le un peu tranquille. J'en ai marre de l'entendre tousser le matin. Et c'est pas vous qui allez le soigner, quand il aura son cancer.

Le mot du père supérieur de l'ordre des Hygiénistes.

Mes bien chers frères,

Profitons de cette fête de la Pentecôte pour reprendre nos bonnes résolutions, et fortifier notre foi.
Que les fumeurs pensent à Dieu quand ils fument.
Qu'ils n'oublient pas que leur fumée monte dans le ciel, et que Dieu reçoit tout dans la figure. Les yeux lui piquent, sa gorge est irritée, il tousse. Il est victime du tabagisme passif.
Arrêtons, mes chers frères, d'enfumer Dieu.
Noublions pas que celui qui allume sa cigarette allume en même temps le feu de l'enfer, dont les flammes le dévoreront pendant l'éternité.
Rappelons-nous la parabole des moutons de l'Évangile :
Il y aura plus de joie dans le ciel pour la brebis égarée qui décide d'arrêter de fumer que pour les quatre-vingt-dix-neuf autres qui n'ont jamais fumé.

Le Mouton à la clope de Raphaël

Les animaux et le tabac

Les défenseurs de taureaux qui souhaitent la suppression des corridas proposent de remplacer le taureau par un fumeur.

Au dernier congrès des oiseaux non-fumeurs, il a été signé une pétition pour interdire l'expression « cigarette au bec ».

Malveillance ou négligence. On a retrouvé un mégot dans le nid qui a brûlé la nuit dernière. Un merle doit être entendu par la justice.

Le vétérinaire a interdit au vieux chien de fumer la pipe.

D'après des scientifiques américains, il paraît que le soir, les éléphants se réunissent autour d'un feu pour fumer des cigares.

Une association de poissons d'eau demande une interdiction de fumer pour les pêcheurs à la ligne.

Un oiseau, qui fumait en volant, a mis le feu à ses plumes.

Le chien du fumeur. Il est dressé pour aller acheter des cigarettes, allumer un briquet, présenter un cendrier.

Les coquilles Saint-Jacques s'ennuient. Avant l'interdiction du tabac, elles avaient une vie après la mort, elles servaient de cendrier. Maintenant, elles vont directement à la poubelle.

Le douanier a dit : « On devrait lui apprendre à fumer. »
On lui a fait respirer du tabac, puis un cendrier, puis on l'a enfumé. Il avait l'air de ne pas beaucoup apprécier.
Il s'est mis à aboyer, le pauvre chien de la brigade anti-fumeurs.

Madame Rodriguès est en larmes, son serin est décédé cette nuit. Elle connaît l'assassin, Monsieur Dupond, son voisin du dessous. Tous les soirs, il fume une cigarette sur son balcon et la fumée monte jusqu'à la cage du serin.
Madame Rodriguès a l'intention de porter plainte pour homicide involontaire.
Elle attend les résultats de l'autopsie.

Un agriculteur du Poitou vient d'inventer une cigarette pour les vaches qui veulent arrêter de fumer. Elle est en foin.

Dans son testament, le hareng a demandé à être fumé.

Roman d'un fumeur
Chapitre VI (extraits)

La première fois qu'il l'a vue, il a tout de suite pensé à la jeune fille tuberculeuse, disparue il y a longtemps.
Ses cheveux longs étaient devenus blancs. Son beau visage était en parchemin sur lequel des rides racontaient son histoire. Ses yeux étaient très clairs.
À travers la fumée de sa cigarette, elle regardait, sans rien dire, le monde qui s'agitait. On aurait dit une vieille Indienne pleine de sagesse.
Il a eu envie d'aller l'embrasser, de la féliciter. Fumer, à notre époque, c'était une véritable preuve de courage. Ça deviendrait bientôt un geste héroïque...

Petites annonces

À vendre vélo tout-terrain, bien entretenu, première main non-fumeur.

Le 31 mai aura lieu la journée sans tabac.
En attendant la journée sans sel, la journée sans sucre, la journée sans pain, la journée sans graisse, la journée sans alcool... En projet, la journée sans rien.

Le gouvernement a nommé un juge anti-tabac. Il s'appelle Bertrand Clope.

Une nouvelle cigarette, « La cigarette à blanc ». Garantie sans tabac, elle est constituée exclusivement d'un long filtre.
Comme la balle à blanc, elle ne tue pas.

Une association d'anti-fumeurs a demandé au président de la République que les cendres de Jean Nicot soient retirées du Panthéon, pour être jetées dans les égouts de Paris.

Salon de l'auto. C'est la dernière année que les véhicules automobiles sont équipés en série d'allume-cigare et de cendrier.

Une bombe anti-agressions pour protéger les fumeurs.
Cette bombe, spécialement conçue pour eux, envoie de la fumée et vaporise un mélange de nicotine concentrée, de goudrons et de monoxyde de carbone, qui fait fuir l'anti-fumeurs.

Les responsables du commerce équitable viennent de sortir une marque de cigarettes : l'Équitable. Son tabac est acheté à juste prix à des petits producteurs de tabac.
En fumant, vous aidez les petits producteurs à vivre.

Un fabricant de cercueils propose des fumoirs individuels. Ils reprennent la forme du cercueil, mais sont équipés d'un système de ventilation et d'un éclairage intérieur.

Le dernier recensement au cimetière du Père-Lachaise à Paris fait apparaître que la division non-fumeurs est aussi peuplée que la division fumeurs.

Adieu vapeur

Il regarde le train qui s'éloigne.
La locomotive crache dans le ciel bleu des bouffées de fumée blanche. Il la suit des yeux jusqu'à ce qu'elle disparaisse derrière la colline et que les petits nuages de fumée blanche se détricotent.
Puis il retourne à son bureau, les larmes aux yeux.
Il sait que c'est la dernière fois qu'il la voit. Demain une locomotive qui ne fume pas, une électrique, une non-fumeuse, la remplacera. La locomotive à vapeur est mise à la retraite.
Lui aussi, il part à la retraite, mais il pourra continuer à faire de la fumée. Avec sa pipe, il va envoyer des bouffées dans le ciel.
En souvenir de la locomotive à vapeur...

Grammaire et arithmétique anti-fumeurs

En arithmétique, les problèmes présenteront aux élèves des situations mettant en évidence les dangers du tabac.

Exemple : Quand on sait qu'une cigarette suffit à détruire 500 hectares de pinède, calculez le nombre de cigarettes nécessaire pour brûler le département du Var, dont la surface est de 6 000 kilomètres carrés.

Sachant qu'un fumeur qui fumait cinquante cigarettes par jour est mort à 40 ans, que son frère jumeau qui fumait trente cigarettes est mort à 60 ans, calculez le nombre de cigarettes que son fils devra fumer par jour, s'il veut atteindre 80 ans.

En français, les sujets de rédaction proposés seront de nature à faire réfléchir sur les dangers du tabac.

Exemple : Un pauvre ouvrier alcoolique, père de douze enfants, a mis le feu à sa masure, avec un mégot mal éteint. Le feu s'est déclaré la nuit, alors que toute la maisonnée dormait...
Décrivez la scène de façon réaliste, à la première personne, comme si vous étiez un enfant de la famille.

Les enfants anti-fumeurs

Le directeur d'école souhaite se faire bien voir par ses supérieurs. Il a organisé auprès de ses élèves un concours de projets pour la lutte anti-tabac.
Les projets retenus seront présentés au ministre de la Santé.
Le concours a suscité beaucoup d'intérêt, les jeunes élèves ont fait preuve de beaucoup d'imagination.
Voici quelques projets retenus lors de la présélection :

Brigitte B., 8 ans, CE2 de Lens, a imaginé de faire descendre tous les fumeurs dans les galeries des mines de charbon désaffectées du Nord-Pas-de-Calais, et de les inonder.

Kevin G., 11 ans, 6e, propose de mettre tous les fumeurs dans les lacs où les Canadairs viennent se ravitailler, et de les larguer ensuite au milieu des feux de forêt.

François T., 9 ans, CM1, conseille de punir les parents qui fument, en les privant de cadeaux le jour de la fête des Pères et de la fête des Mères.

Claire R., 8 ans, CE2, veut rétablir la peine de mort pour les fumeurs. Ils seraient guillotinés. N'ayant plus de tête, ils ne pourraient plus fumer.

Flavie F., 10 ans, CM2, a dessiné un petit piège à fumeurs. Sorte de tapette à souris où le gruyère serait remplacé par une cigarette.

Bernard A., 9 ans, CM1, veut organiser des sauts en parachute pour les fumeurs, mais sans parachute.

Kevin D., 12 ans, demande que les fumeurs agitent des crécelles quand ils se promènent dans la rue, pour prévenir les non-fumeurs, qu'ils aient le temps de rentrer chez eux.

Le jour de la remise du prix, l'instituteur a l'intention de faire venir un fumeur.
Les enfants pourront lui jeter des pierres.

Crise chez les anti-fumeurs

Le dernier congrès des anti-fumeurs, qui s'est déroulé à Besançon, a été marqué par un événement particulièrement pénible. Hier après-midi, lors d'une suspension de séance, un jeune militant qui voulait se soulager est entré brutalement dans des toilettes déjà occupées, mais dont la porte n'était pas fermée de l'intérieur.
Il a vu alors un spectacle désolant. Assis sur le trône, Monsieur le président du Comité de la lutte anti-fumeurs fumait.
Le jeune homme, très choqué, est actuellement suivi par une cellule de soutien psychologique. Quant au président, il s'est refusé à toute déclara-

tion. Depuis l'événement, il ne paraît plus en public. L'ambiance est lourde, les esprits surchauffés. On a vu des vieux adhérents pleurer, des jeunes crier vengeance.

L'ancien fumeur

Sur la porte de sa chambre d'hôpital, il a punaisé sa carte de visite. Il a ajouté sous son nom : ancien fumeur.
Sur sa table de nuit, une plante verte. Il la soigne avec amour, il l'arrose régulièrement. Il la sort sur le balcon, quand il y a du soleil. Une fois par semaine, il nettoie chaque feuille avec un coton-tige un peu humide. Il la regarde avec reconnaissance. Il lui parle, il la respire longuement, avec nostalgie.
C'est un cadeau de ses enfants. Ils la lui ont achetée pour la fête des Pères.
Chaque nuit, il rêve qu'il fume, au moins trois paquets. Il tousse beaucoup le matin, dans la journée il s'ennuie. Il aurait bien envie d'en allumer

une, mais il a de la volonté, il attend avec impatience de rêver.
Une nuit, il a rêvé qu'il avait un cancer du poumon.
Il est mort deux mois après.

Comme il l'avait demandé dans ses dernières volontés, on a planté sur sa tombe la plante qu'il avait sur sa table de chevet.
C'était un pied de tabac.

D'anciens fumeurs font acte de repentance

La salle polyvalente a abrité ce dimanche une grande cérémonie de repentance. Elle a réuni deux cents anciens fumeurs. Ils ont voulu donner à leur conversion un éclat particulier. Venus de partout, ils ont tenu à avouer publiquement qu'ils avaient déjà fumé.

Cette confession fut émouvante et édifiante. Elle envoya aux nombreux enfants présents un message fort.

Certains témoignages furent poignants.

Un barbu de 55 ans, qui fumait depuis l'âge de 15 ans, a demandé, avec des sanglots dans la voix,

pardon à l'assistance de l'avoir enfumée pendant quarante ans, et a voulu mettre le feu à sa barbe.
Un fumeur de 25 ans a sorti de sa poche un paquet de cigarettes. Il l'a jeté par terre et l'a piétiné avec frénésie, en chantant : « Le tabac c'est caca. »
Une non-fumeuse, prise par l'ambiance, a embrassé à pleine bouche, et à ses risques et périls, un fumeur qui demandait pardon à son entourage.
La cérémonie fut clôturée par l'hymne *Jean Nicot on aura ta peau*, chanté par la chorale du Commando anti-fumeurs.

Intronisation de nouveaux anti-fumeurs en Seine-et-Marne

Un baptême d'anti-fumeurs a donné lieu ce dimanche, au bord de la Marne, à une cérémonie émouvante et chaleureuse.
Comme le veut la coutume, les novices (3 garçons, 1 fille) étaient revêtus d'une aube blanche et avaient la tête ceinte d'une couronne de feuilles de tabac.
Après avoir chanté l'hymne de la renonciation : *Touche pas au tabac, c'est caca*, l'aumônier leur a allumé à chacun une cigarette. Ils sont descendus, cigarette au bec, dans la rivière pour l'ablution

baptismale. Et surtout pour éteindre définitivement leur cigarette.
Tandis que l'assistance entonnait l'hymne des antifumeurs : *Nicotine, tu n'es pas ma copine*, ils ont retiré leur couronne de feuilles de tabac et l'ont jetée à l'eau. Le verre de l'amitié a terminé cette émouvante cérémonie, dans la bonne humeur et la franche camaraderie.

Échange de lettres entre une cigarette et son ancien fumeur, qui l'attaque en justice

Cher Traître,

Je viens d'apprendre que tu portes plainte, et que tu as pris un avocat.
Ce n'est pas très élégant de ta part. Pourquoi tu mets des étrangers dans cette histoire ? Quoi que tu puisses penser maintenant, c'était quand même une histoire d'amour.
Qu'est-ce que tu veux, une pension ?
Salut.

Ta Clope

Sale Clope,

Oui, j'ai pris un avocat, j'ai besoin d'être défendu parce que tu m'as trahi.
J'apprends par les autres que tu contiens du benzène, des nitrosamines, du formaldéhyde et du cyanure d'hydrogène. Pourquoi tu ne me l'as pas avoué ? T'avais peur que je te plaque, t'avais pas confiance en moi ? Tu me l'aurais dit, je t'aurais peut-être pardonné.
Pourquoi, pendant toutes ces années, tu m'as fait croire que tu voulais mon bonheur, alors que tu étais en train de préparer mon malheur ?
Depuis notre première rencontre, tu n'avais qu'une idée : nuire gravement à ma santé et à celle de mon entourage.

Pour les sentiments distingués, tu peux aller te faire voir.

Cher Lâche,

Qu'est-ce que c'est que cette histoire de benzène et de cyanure ? Tu crois tout ce qu'on raconte.
Si je ne t'ai rien avoué, c'est que je ne sais rien. Je ne passe pas ma vie chez le médecin, à me faire faire des analyses. Je t'ai jamais demandé combien t'avais de cholestérol.
Qu'est-ce que tu veux dire, quand tu écris que je nuis à la santé de ton entourage ? Je le connais même pas, ton entourage. Je l'ai jamais vu, tu n'as jamais voulu me présenter.
Tu veux que je te le dise, maintenant j'ai honte d'être restée si longtemps avec toi.
Je te souhaite un bon cancer de la gorge. Comme ça, tu pourras continuer à penser à moi.

Salut, connard.

Chère Hargneuse,

Ta dernière lettre est nulle et méchante. Quand je regarde mes doigts jaunes, moi aussi j'ai honte d'être resté si longtemps avec toi. Quand je pense que tu vas jusqu'à me souhaiter un cancer de la gorge...

De toute façon, t'inquiète pas. Si je me fais un cancer, ce sera pas avec toi, ce sera avec une autre.

Adieu, sale clope.

Cher Minable,

Ne te fais pas de souci, j'ai plus besoin de toi. J'ai trouvé quelqu'un de sûr, un fumeur honnête, pas un branleur comme toi. Va au diable, tu trouveras bien une pétasse, il y a plein de fausses blondes vulgaires sur le marché qui t'attendent.

Va te faire enfumer chez les Grecs.

Adoptez un ancien fumeur

Conditions requises :
Être non-fumeur.
Ne plus avoir d'enfant à charge.
Être retraité ou exercer une activité qui vous laisse des loisirs.

Vous devrez consacrer une heure par jour de la semaine à votre ancien fumeur. Un week-end par mois, il est conseillé de l'héberger chez vous. Il faudra jouer avec lui, lui trouver des activités saines, de préférence au grand air. Ne le laissez jamais sans occupation, surtout qu'il n'ait jamais les mains libres. Si vous avez la chance d'avoir une maison à la campagne, emmenez-le et

faites-lui couper du bois, ou débroussailler des taillis.
Si vous êtes en ville, emmenez-le au jardin public.
Profitez-en pour lui apprendre à reconnaître les différents arbres et faites-lui respirer les fleurs.

« Si on ne meurt plus du tabac, si on ne meurt plus de l'abus d'alcool, ce ne sera jamais fini ? » soupire le centenaire qui s'emmerde.

Nouvelles de la maison de retraite « Jean Nicot »

Monsieur Delbourg, 98 ans, sera privé de dessert ce soir. Il a fumé une cigarette après le repas, alors qu'on est mardi, et pas dimanche. Madame la directrice lui a fait les gros yeux. Elle lui a dit que s'il voulait mourir prématurément, il n'avait qu'à continuer, il était sur la bonne voie.

Monsieur Mineraud a fêté hier ses 100 ans, au milieu de ses amis et de sa famille. Le maire est venu le féliciter. À la fin du repas, l'heureux centenaire a demandé exceptionnellement à Madame la directrice le droit de fumer une petite cigarette. La directrice a refusé fermement. Elle a dit : « Aujourd'hui vous me demandez une petite cigarette, et l'année prochaine ce sera une autre. Souvenez-vous, Monsieur Mineraud : Fumer crée une forte dépendance, ne commencez pas. »

Monsieur Heitz, 97 ans, a été surpris en train de fumer dans sa chambre par Madame la surveillante. Elle lui a confisqué son paquet après lui avoir lu ce qui était écrit dessus et qu'il n'avait certainement pas lu : « Fumer peut nuire aux spermatozoïdes et réduit la fertilité. »

Monsieur Dubois, 76 ans, n'a pas supporté l'interdiction de fumer ordonnée par le médecin de l'établissement.
Il a cassé sa pipe.

Roman d'un fumeur

Chapitre VII (extraits)

Il a été réveillé brutalement par le plafonnier. La lumière lui est tombée sur la tête, comme de l'eau glacée. Il a vu le prêtre et le procureur, il a compris. Il n'a rien dit, il ne s'est pas plaint, il n'a pas hurlé comme certains.

Il s'est levé dignement, et il s'est laissé faire, il était déjà ailleurs. Un gendarme a coupé le col de sa chemise, le coiffeur lui a dégagé la nuque. On lui a offert un verre de rhum et une cigarette.

Il a voulu terminer sa dernière cigarette. Tout le monde attendait dans le silence. Il l'a fumée très lentement, jusqu'au bout, jusqu'à la limite, jusqu'à se brûler les lèvres. Il a demandé un cendrier. Et,

pour ne pas nuire à la santé de son entourage, il a écrasé consciencieusement le mégot. Il a attendu qu'il n'y ait plus de fumée.
Et, courageusement, sans se retourner, il est monté à l'échafaud.

Nouvelles encore plus fraîches, de celles qu'on n'invente pas

Dans le dessin animé *Tom et Jerry*, les images où le chat fumait ont été supprimées.

Un fumeur qui jette son mégot dans la rue est passible d'une amende de 183 euros et 450 en cas de récidive (autant que pour une crotte de chien). L'entreprise à laquelle il appartient sera aussi poursuivie.

Les assureurs vont majorer de 50 % la prime d'assurance-vie des fumeurs.

Bientôt, quand vous ferez venir un artisan à domicile, vous devrez arrêter de fumer douze heures avant sa venue.

Bientôt, dans les débits de tabac, on n'aura plus le droit de fumer. Bientôt, dans les bistrots, on n'aura plus droit de boire...

Bientôt, à force de vouloir nous empêcher de mourir, on va nous empêcher de vivre.

La dernière lettre d'une cigarette

Avant de disparaître, je voudrais poser une question, une question qui me brûle les lèvres. Nous qui avons été aimées, adorées, désirées pendant cent ans, nous qu'hier on appelait Favorite, Élégante, Sultane, Amazone... qu'on couvrait de superbes robes imprimées, pourquoi aujourd'hui sommes-nous devenues l'ennemi public n° 1 ?

Nous avons été les compagnes fidèles, discrètes des hommes. Cachées au fond de leur poche, nous étions là pour les coups durs, pour les aider à supporter parfois l'insupportable. Nous étions à leur disposition, nous étions toujours là au cas où ils auraient besoin de nous.

Fallait toujours être prêtes, nuit et jour, pas question de dire qu'on avait la migraine. C'étaient toujours eux qui prenaient l'initiative, jamais nous. Je n'ai jamais forcé un homme à fumer. Nous attendions le bon vouloir de ces messieurs. Les mêmes qui maintenant demandent notre mort.

Si les cendriers pouvaient parler, ils auraient beaucoup à dire sur l'ingratitude des hommes. Comme les vaches folles, nous sommes des victimes de la folie des hommes.

Imaginez la vie d'une cigarette à notre époque. Elle est devenue impossible. Je ne peux plus sortir dans la journée, j'en ai assez des regards noirs qu'on me jette. On nous regarde comme si nous étions responsables de tous les maux de l'humanité.
Ceux qui nous aiment encore, il en reste, sont obligés de le cacher, de peur qu'on les dénonce. À force, ils vont se décourager, eux aussi ils vont nous laisser tomber.

Je m'adresse à tous les anti-fumeurs qui souhaitent notre disparition.
Pourquoi tant de haine ?
Qu'est-ce qu'on vous a fait de mal ? On ne vous a pas tués.

La preuve, vous êtes encore là, et de plus en plus nombreux.
Vous vous reproduisez plus que les fumeurs. C'est normal, c'est écrit sur nos paquets, le tabac nuit aux spermatozoïdes.
Arrêtez de vous plaindre de nous.
Si quelqu'un a le droit de se plaindre, c'est le fumeur, il nous connaît, pas vous.
Laissez-nous régler nos histoires entre nous et ne vous en mêlez pas, s'il vous plaît.
Je ne me fais aucune illusion, je sais que nous sommes toutes appelées à disparaître.
Aussi avant de m'éteindre définitivement je voudrais m'adresser aux fumeurs mes amis et leur dire que je souhaite qu'ils gardent un bon souvenir de leur dernière cigarette.

A MA DERNIERE CIGARETTE

LE FUMEUR RECONNAISSANT

Elégantes maryland 1892-1943
Elégantes caporal supérieur 1892-1935
Elégantes caporal ordinaire 1892-1956
Françaises 1892-1933
Boyards maryland 1893-1938
Grenades caporal ordinaire 1893-1940
Favorites maryland 1893-1942
Favorites caporal ordinaire 1893-1974
Amazones vizir 1893-1935
Hidalgos 1914-1935
Madrilènes 1914-1938
Sultanes 1914-1940
Parisiennes 1928-1956
Aïcha : 1921-1938
High Life 1923-1973
Fashion 1923-1942
Salambô 1924-1951
Marinettes 1925-1934
Natacha 1925-1935
Annouchka 1925-1935
Emeraude 1926-1931

Améthyste 1926-1931
Corail 1926-1931
Turquoise 1926-1931
Topaze 1927-1931
Primerose 1927-1936
Arc-en-Ciel 1927-1936
Myrto 1930-1936
Naja 1932-1953
Congo 1932-1940
Week-End 1932-1970
Celtique caporal doux 1934-1953
Celtique maryland 1935-1954
Myrtil 1935-1940
Gallia 1936-1940
Anic 1937-1941
Egée 1953-1968
Air-France 1953-1976
Rallye 1955-1971
P4 : 1956-1979
Week-End filtre 1961-1971
Balto 1931-1973

Table

Du même auteur :

Aux éditions Payot & Rivages :

Grammaire française et impertinente (1992)
Arithmétique appliquée et impertinente (1993)
Le Pense-bêtes de saint François d'Assise (1994)
Peinture à l'huile et au vinaigre (1994)
Sciences naturelles et impertinentes (1996)
Je vais t'apprendre la politesse, p'tit con (1998)
Roulez jeunesse (2000)
Les Organismes Gentiment Modifiés (2006)

Aux éditions Stock :

Il a jamais tué personne, mon papa (1999)
La Noiraude, Encore la Noiraude,
Pas folle la Noiraude (1999-2001)
J'irai pas en enfer (2001)
Le Petit Meaulnes (2003)

Antivol, l'oiseau qui a le vertige (2003)
Satané Dieu (2005)

Chez d'autres éditeurs :

Le Curriculum vitae de Dieu (Seuil, 1995)
Le Pain des Français (Seuil, 1996)
Mouchons nos morveux (Lattès, 2002)
Les mots des riches, les mots des pauvres
(Anne Carrière, 2004)
Mon dernier cheveu noir (Anne Carrière, 2005)
Histoires pour distraire ma psy
(Anne Carrière, 2007)

Composition réalisée par PCA

Achevé d'imprimer en décembre 2007 en Espagne par
GRAFICAS ESTELLA
Dépôt légal 1re publication : janvier 2008
N° d'éditeur : 95884
Librairie Générale Française – 31, rue de Fleurus – 75278 Paris Cedex 06

31/2441/9